Herausgeber & Verleger:
Robert Ivancich, Kennedyplatz 2, A-2560 Berndorf

Autorin: Gabriele Handl

Fotos: Christian Handl, Internet: http://www.christianhandl.com

Layout & Grafik: Zinner Claus, Laxenburgerstraße 136/11/3, A-1100 Wien,
E-mail: claus.zinner@aon.at

Erschienen 2003/

ISBN: 3-902447-00-1

Baden bei Wien

Ein Stadtspaziergang in Bildern

Christian Handl/Gabriele Handl

Inhaltsverzeichnis

BADEN-

es gibt einige Orte in Europa,

die diesen Namen führen.

Doch Baden bei Wien ist

unverwechselbar österreichisch.

Fast alles, was der Gast mit unserem Land verbindet, findet er hier: eine enge Verbindung zur Geschichte mit besonders nostalgischen Blicken auf das Kaiserhaus, einen Ort, an dem sich fast alle berühmten Komponisten Österreichs aufgehalten haben und der Operettenliebhaber erfreut wird, ein angenehmes Klima, in dem der Wein gedeiht, eine einladende Umgebung mit kühlen Wäldern und – wie der Name schon sagt – Bäder mit allen Kureinrichtungen zur Erholung. All das trägt zum Charme der Stadt bei, die aber trotzdem nicht im beschaulichen Biedermeier verharrt, sondern auch munter im 21. Jahrhundert lebt.

Viel an Wissenswertem und Kuriosem, an Geschichte und an Geschichten, gibt es auf Spaziergängen durch die Stadt zu entdecken. Nicht zufällig wollen wir unseren Gang auf dem Josefsplatz beginnen, denn er ist das Verkehrszentrum der Stadt. Hier trifft sich Altes und Neues, Jung und Alt. Vielleicht findet gerade ein Markt hier statt, ein Töpfer- oder Flohmarkt oder der Weihnachtsmarkt während der Adventmeile. Im Sommer stehen vor den Lokalen Tische und Sessel und die Besucher lassen sich kaum vom regelmäßigen Quietschen der Bremsen der Badner Bahn stören, die seit über hundert Jahren eine direkte Verbindung nach Wien zur Staatsoper bietet. Und natürlich gibt es hier auch einen Bezug zu Badens Quellen: Das barocke Josefsbad ist das älteste erhaltene

Das Frauenbad mit seiner Säulenhalle (unten) und das Josefsbad (rechts oben) auf dem Josefsplatz. Das Florastöckl (rechts unten) gehört jetzt zum Gymnasium Frauengasse.

Die Schwefelquellen

Die Thermenlinie, der Baden sein Thermalwasser verdankt, entstand, als das Wiener Becken vor etwa 16 Millionen Jahren vom Ostrand der Alpen abbrach. Das in den Tiefen erwärmte Wasser wird nun an dieser Bruchlinie emporgepresst. Obwohl geologische Veränderungen jederzeit möglich sind, gibt es derzeit zum Glück keinen Mangel an heißem Schwefelwasser. Zur Sicherung des Badebetriebs wurden außerdem unter dem Josefsplatz durch Tiefbohrungen zwei weitere Quellen erschlossen. In der Stadt existieren 14 gefasste Quellen, darunter die Ursprungsquelle. Sie entspringt in einem Felsspalt unter dem Orchestergraben der Sommerarena im Kurpark.

Hier befand sich auch in der Römerzeit eine Therme: Das einfache, langgestreckte Gebäude diente als Militärbad für die Legionäre, die an der Donau stationiert waren. Votivgaben, die sie aus Dankbarkeit für ihre Heilung von Rheuma aufstellten, kann man heute im Rollettmuseum betrachten. Die Römer nannten die Stadt wie alle Bäder "Aquae", der Name erhielt sich auf einer römischen Straßenkarte. Er wurde wörtlich als "Padun" ins Althochdeutsche übertragen – eine außergewöhnliche urkundliche Nennung des Ortes als Kaiserpfalz im 9. Jahrhundert bestätigt dies.

Natürlich geriet auch die Heilkraft der heißen Schwefelquellen, sie treten mit Temperaturen zwischen rund 26 und 35 Grad Celsius hervor, nicht mehr in Vergessenheit. Schließlich gehörte im Mittelalter das gemeinsame Baden zu den beliebtesten Vergnügungen. Männer und Frauen verbrachten damals nackt viele Stunden im warmen Wasser, sich die Zeit mit Geplauder, Essen, Trinken, Singen und Spielen verkürzend. Das Stadtwappen, das auf die Stadterhebung 1480 zurückgeht, zeigt diese Badefreuden. Erst infolge von Reformation und Gegenreformation wurden im 17. Jahrhundert strengere Badevorschriften, wie lange Kleidung, eingeführt. Die Regeln wurden von "Badwascheln" streng überwacht – der Ausdruck hat sich bis heute im Volksmund für "Bademeister" erhalten. Die meisten Badegebäude wurden in der Glanzzeit der Stadt zu Beginn des 19. Jahrhunderts errichtet und prägen noch heute das Stadtbild, obwohl sie ihre ursprüngliche Funktion verloren haben. Da die modernen Hygienevorschriften umgesetzt werden mussten, wurde der Kurbetrieb 1973 ins Kurmittelhaus verlegt. Auch die historische Mineral-Schwimmschule (1845-48 erbaut) wurde inzwischen umgebaut: War sie damals mit zwei Becken mit Trampolins und zahlreichen Sportmöglichkeiten eine höchst moderne Anlage, so beweist sie heute eindrucksvoll als Teil der Römertherme die gelungene Kombination von Alt und Neu.

Als Freibad steht den Badnern und ihren Gästen seit den zwanziger Jahren das Strandbad zur Verfügung. Eine mächtige, aber elegante Front schützt die Besonderheit der Anlage: den Sandstrand. Daran schließt sich eine vor kurzem erneuerte Beckenlandschaft mit Schwefelbecken, Wellnessbereich, Kinderplanschbecken, Sport- und Familienbecken an, für Unterhaltung ist durch Sprungturm, Rutsche und diverse Sportmöglichkeiten im weitläufigen Gelände gesorgt.

Badegebäude der Stadt: An den rechteckigen Bau aus dem Jahr 1683 wurde ein Rundbau im Stil des römischen Vestatempels angefügt. Das Frauenbad war ursprünglich mit dem Augustinerkloster verbunden, das dadurch zu einem Nebenerwerb kam, denn hier stiegen oft vornehme Gäste, etwa die Gattin von Kaiser Josef II., ab. Es ist im für Baden so typischen klassizistischen Stil gehalten, die Fassade mit den mächtigen Säulen stammt aus dem Jahr 1821. Der Name ist ein wenig irreführend, er leitet sich von den Fundamenten einer Marienkirche her, das Bad selbst war sowohl für Männer als auch für Frauen zugänglich. – Die beiden Badegebäude auf dem Josefsplatz dienen heute anderen Zwecken: Im Josefsbad ist ein Lokal untergebracht, das Frauenbad ist hingegen ein beachtenswerter Ausstellungsraum, etwa für moderne Kunst.

Vom Josefsplatz können wir gemächlich durch die alte Frauengasse schlendern. Rechter Hand an der Ecke sehen wir ein elegantes Sommerpalais. Nach der Statue der Flora von Josef Klieber wird es "Florastöckl" genannt. Es war das Quartier von Marie Luise, der Gattin von Napoleon, und ihrem Sohn, dem Herzog von Reichstadt.

Linke Seite: Der Grabstein von Offemia und Leutold von Chreusbach (unten rechts) und von ihrem Sohn (unten links). Rechte Seite: In der Frauengasse und der Wassergasse.

Vorangehende Doppelseite: Das Badener Stadtwappen mit seiner mittelalterlichen Badeszene und ein Blick auf die moderne Römertherme (links). Das Strandbad in einer Luftaufnahme und mit dem Schwefelbecken im Vordergrund (rechts).

Daneben befand sich das Augustinerkloster. Zu Beginn des 20. Jahrhunderts wurde in diesem historischen Bauwerk ein Mädchen-Lyzeum untergebracht. Die zunächst umstrittene Schule entwickelte sich – inzwischen durch Zu- und Umbauten erweitert – zu einem von zwei großen Badner Gymnasien, die mit zum Ruf der Schulstadt beitragen. Vom Kloster (1285 bis 1812) besteht die Kirche (als Frauenkirche) verkleinert noch heute. Dort befindet sich auch der Grabstein des Stifterehepaars Offemia und Leutold von Chreusbach (=Krebsbach), der zu den ältesten Österreichs zählt. Interessant ist auch die Lebensgeschichte ihres Sohnes Friedrich, dessen Grabstein auch hier zu sehen ist: Er reiste als fahrender Ritter mehrmals durch ganz Europa bis Norwegen und Irland sowie durch den nahen und mittleren Osten und beteiligte sich überall an kriegerischen Auseinandersetzungen. Erst im hohen Alter blieb er als Oberster Jägermeister im Land. Auch das Haus, das dem ehemaligen Augustinerkloster gegenüberliegt, ist sehr alt. Hier hat im 17. Jahrhundert Zar Peter der Große sein Quartier aufgeschlagen. Daneben liegt der Magdalenenhof, der ebenfalls alle Katastrophen seit dem 17. Jahrhundert überstanden hat und damit zur ältesten Bausubstanz der Stadt gehört.

Bald erreichen wir den von bedeutenden historischen Gebäuden umgegebenen Hauptplatz. Auf eine erste Blüte der Stadt weisen einige Renaissance-Innenhöfe hin. Doch andererseits

Julius
Meinl

Der Hauptplatz: Die barocke Pestsäule vor dem Rathaus.

belegt der Platz auch die zahlreichen Unglücksfälle, die Baden heimgesucht haben. Dreimal innerhalb von 150 Jahren brach seit dem Ende des 16.Jh. die Pest aus, sie kostete bis zu einem Drittel der Bevölkerung das Leben. Weiters wurde die Stadt im Türkenkrieg von 1683 zerstört, wobei sogar zwei Drittel der Einwohner ums Leben kamen. Schließlich vernichtete 1714 ein Brand große Teile der Stadt. Trotzdem wurde nun das bedeutendste Barockdenkmal errichtet: Vom berühmten Künstler Martino Altomonte entworfen, wurde die Dreifaltigkeitssäule von Giovanni Stanetti ausgeführt. Die Motive zeigen unter anderem die in unserer Region typischen Pestheiligen, nämlich die hl. Rosalia (in der Grotte liegend), den hl. Sebastian und den hl. Rochus (stehend). Gekrönt wird die Säule von einer Darstellung der hl. Dreifaltigkeit.

Zu Beginn des 19.Jahrhunderts begann in Baden eine rege Bautätigkeit, prächtige Palais wurden vom führenden Architekten Joseph Kornhäusel errichtet. Doch da kam es noch einmal zu einer Katastrophe: Im Hirschhofer-Haus (heute Apotheke) auf dem Hauptplatz brach am 26.Juli 1812 ein verheerender Brand aus, der trotz Großeinsatz von Feuerwehr und sogar Militär in zwei Stunden den Großteil der Stadt einäscherte. Doch nun konnte die inzwischen so beliebte Kurstadt neu aufgebaut werden, was innerhalb eines Jahres geschah: Dem Unglück verdankt das Stadtzentrum sein einheitliches architektonisches Erscheinungsbild mit bescheidenen Biedermeierhäusern und eleganten klassizistischen Fassaden. In diesem Stil wurde etwa das mächtige

Diese Seite: Die hl. Rosalia (Detail der Pestsäule, oben) und die Allegorie der Stadt Baden auf dem Rathaus (unten). Folgende Seite von oben nach unten: Das Kaiserhaus auf dem Hauptplatz, die „kaiserliche“ Dekoration im Café Damals und die „Villa Eugen“, erbaut für Erzherzog Wilhelm (Sohn von Erzherzog Karl), in der Weilburgstraße.

Hohe Herrschaften in Baden

Die Kaiserfamilie war sicher ausschlaggebend für die Blüte der Kurstadt. Schon Kaiserin Maria Theresia weilte zur Kur in Baden, ebenso die Gattin ihres Sohnes Joseph II. Der wirkliche Durchbruch kam jedoch, als Kaiser Franz sich Baden zur Sommerresidenz erwählte und bis zu seinem Tod 1835 fast jedes Jahr kam. Ihm folgten die Erzherzöge Karl und Anton, letzterer ließ sich in der Antonsgasse ein prächtiges Palais errichten und trug auch sonst viel zur Verschönerung der Stadt bei. Das mächtigste Schloss, die Weilburg, ließ Erzherzog Karl für seine Gattin in den Jahren 1820 bis 1823 im Empirestil von Joseph Kornhäusel errichten. Der mächtige Bau dominierte den Eingang zum Helenental. Er brannte am Ende des Zweiten Weltkriegs nieder. Auch ausländische Potentaten kamen nach Baden. So besuchte Kaiser Napoleon 1809 einen Tag lang Stadt und Umgebung und während des Wiener Kongresses hielt sich seine Gattin hier auf. Der Besuch der portugiesischen Königin Maria Pia 1869 löste in der Bevölkerung so große Begeisterung aus, dass ihr zu Ehren ständige Konzerte und Feuerwerke abgehalten wurden. Viel

Ruhe fand sie während ihrer fünfwöchigen Kur wohl nicht. Legendär wurde schließlich noch der Besuch von König Ibn Saud im Jahr 1960: Das Hotel Gutenbrunn konnte dank der fürstlichen Bezahlung renoviert werden.

Nur ein einziges Ereignis trübte kurzzeitig das Verhältnis zum österreichischen Kaiserhaus: Im Jahr 1832 schoss ein enttäuschter pensionierter Hauptmann auf den Kronprinzen Ferdinand, verfehlte ihn jedoch. Verständlicherweise konnte sich Ferdinand nun nicht mehr für die Sommerresidenz seines Vaters begeistern. Doch besonders im Jahr 1848 bewiesen die Badner ihre Treue, hier gab es keine Spur von Revolution und viele Wiener flüchteten in die friedliche Stadt. Trotzdem war Baden auch sehr liberal eingestellt und schätzte besonders Erzherzog Rainer, der von 1873 bis 1913 in einer von Otto Wagner errichteten Villa in der Karlsgasse wohnte.

Wenig Begeisterung für Baden brachte hingegen Kaiser Franz Joseph auf, obwohl seine langjährige Freundin Katharina Schratt aus der Schwefelstadt stammte. Kaiserin Elisabeth besuchte die Stadt hingegen häufig zwischen 1894 und 1896. Immer inkognito unternahm sie von hier Wanderungen in die Umgebung.

Rathaus im Jahr 1815 von Joseph Kornhäusel errichtet. Die Figuren an der Frontseite stellen die "Klugheit" und die "Gerechtigkeit" (von Josef Klieber) dar, in der Mitte findet sich die Stadtgöttin "Badensia". Bis in die 80er Jahre des 20.Jahrhunderts war im Rathaus auch das Bezirksgericht und ein "Gefangenenhaus" untergebracht. Es ist gar nicht unwahrscheinlich, dass einer der Wächter als Vorbild für den "Frosch" in der "Fledermaus" gedient hat, deren Handlung ziemlich sicher in Baden angesiedelt ist.

Auch klassizistisch, aber schlichter ist das ihm gegenüber liegende Kaiserhaus, ein ehemaliges Bürgerhaus, nach dem Brand als Quartier von Kaiser Franz erworben.

Auf das meist doch sehr gute Verhältnis zum Kaiserhaus gibt es in Baden viele Hinweise, auffällige wie die Straßennamen, besonders den Ring, oder touristische, wie die Dekoration des Café Damals, an dem wir, vom Hauptplatz durch die Rathausgasse kommend, vorbeischlendern. Auf den ersten Blick fällt das Haus Nr.11 wegen seiner modernen Geschäftsfassade kaum auf, doch es steht auf mittelalterlichen Fundamenten. Auf uralten Mauern aus römischen Ziegeln wurde hier im 13.Jahrhundert der Gaminger Berghof errichtet, in dem der Wein des Klosters ausgeschenkt wurde. Nach Auflösung des Klosters wurde am Ende des 18.Jh. der Gasthof "Zum schwarzen Adler" daraus, die wichtigste Absteige in Baden für die nächsten hundert Jahre. Zu den Gästen zählte auch Franz Schubert, der hier eine Orgelfuge komponierte. Wo sich die Gasse zu einem kleinen Platz erweitert, stehen wir vor einem typischen Haus der Biedermeierzeit, dem Kupferschmiedhaus. Darin ist ein Beethovenmuseum untergebracht, da der Komponist hier Teile seiner berühmten 9. Symphonie geschrieben hat. Allerdings kann man anmerken, dass Beethoven damals von niemandem gern beherbergt wurde, denn er galt als schwieriger Gast. Gleichzeitig verstand es der Hausbesitzer, aus seinem Aufenthalt Kapital zu schlagen: Er verkaufte nämlich die Fensterflügel, auf denen das Musikgenie Notizen hinterlassen hatte, und ließ sich den "Schaden" von ihm bezahlen.

Gegenüber der Fußgängerzone liegt der Brusatti-Platz mit dem "Grünen Markt", ein weiteres Zentrum der Stadt, ebenfalls gut als Ausgangspunkt für den Stadtbummel geeignet. Hier fin-

Folgende Doppelseite: Szenen vom Grünen Markt (links) und die Fresken der Magdalenenkapelle (rechts).

Das Bürgerspital (unterhalb), das Beethovenhaus (rechts oben) und das ehemalige Leopoldsbad (rechts unten).

Rathhaus-
Gasse
Antiquitäten
10

LEOPOLDSBAD
TOURIST INFORMATION

Eskimo

Obwohl schon in keltischer Zeit in unserer Gegend Wein angebaut wurde, nimmt man als datierten Beginn des Weinbaus in Baden das Jahr 1113. Damals schenkten die Babenberger dem Stift Klosterneuburg 5 Weingärten in Baden. Weingärten waren über Jahrhunderte hinweg wichtige Kapitalanlagen und Einkommensquellen, vor allem für Klöster. So besaßen Klein-Mariazell, Heiligenkreuz, Melk und Gaming Freihöfe in Baden, von wo aus ihre Besitztümer verwaltet wurden. Während so der Wein den Reichtum sicherte, bescherte er den Hauern zumindest ein erträgliches Leben.

Ein wichtiges Datum in Badens Weingeschichte ist das Jahr 1459: Kaiser Friedrich III. erteilte allen steuerzahlenden Bewohnern das Privileg, den eigenen Wein zu verkaufen und auszuschenken. Das ist wohl die Geburtsstunde des Heurigen. In jedem Viertel und in jeder Vorstadt durften zwei Hauer gleichzeitig ausstecken: Der Föhrenbuschen symbolisiert heurigen Wein, rote oder weiße Bänder die Farbe. Bis in die zweite Hälfte des 20.Jahrhunderts wurde meist die Stube für den Buschenschank ausgeräumt. Auch musste man bis 1939 seine eigene Jause mitbringen. In den letzten Jahren hat es beim Heurigenbetrieb starke Veränderungen gegeben: Elegante und rustikale Lokale wurden eingerichtet, ein großes Buffet steht im Vordergrund und die Zahl der Betriebe ist innerhalb von 50 Jahren von 400 auf rund 80 zurückgegangen. Trotzdem findet man noch traditionelle Hauerhäuser: Sie stehen mit dem First zur Straße und bestehen aus Wohn- und Wirtschaftsräumen. Durch ein einfaches Tor gelangt man in den Hof mit ein oder zwei Nussbäumen. Gleich hinter dem Hauerhaus und seinem Küchengarten schließt üblicherweise ein schmaler Weingarten für den Hausgebrauch an.

Obwohl in Baden wie überhaupt in der Thermenregion auch vorzügliche Rotweine, wie Zweigelt, St.Laurent und Blauer Portugieser, gedeihen und ihre Bedeutung im Zunehmen ist, steht doch der Weißwein im Vordergrund. Schankwein sind meist Grüner Veltliner und Neuburger, häufig findet man aber auch Rheinriesling, Welschriesling und Weißburgunder. Typische Sorten sind Rotgipfler und Zierfandler. Rund 80 verschiedene Weine kann man in der Hauer-Vinothek am Brusattiplatz verkosten. Sie wurde 1995 durch ein Hauer-Collegium gegründet und bietet im mittelalterlichen Heiligenkreuzerhof auch organisierte Weinkosten, Führungen und Ausstellungen.

Für richtige Weinliebhaber ist Baden natürlich auch ein guter Ausgangspunkt zum Erkunden des Weinbaugebietes Thermenregion: Auf der Weinstraße gelangt man nach Sooss, das fast ausschließlich vom Weinbau lebt. In dem idyllischen Ort findet man eine große Auswahl an meist gut ausgebauten Lokalen. Nach Norden zu kommt man nach Pfaffstätten und Gumpoldskirchen, dem wahrscheinlich bekanntesten Weinort der Region, der auch einen schönen historischen Ortskern zu bieten hat.

Bilder: Auch die einfachen, ursprünglichen Heurigen verfügen heute über ein einladendes Büffet (links oben). In der Hauervinothek (rechts oben) oder in den großen Weinschenken kann man edle Weine genießen.

Fam. CEIDL

det man die Touristeninformation und Kurdirektion im ehemaligen Leopoldsbad und kann bequem die Römertherme und das Kurmittelhaus erreichen. Im Heiligenkreuzerhof, einem uralten Gebäude, – seine Grundsubstanz geht auf das 12.Jahrhundert zurück – ist die Hauervinothek untergebracht. Zum Hof gehört auch die Magdalenenkapelle mit beachtenswerten Fresken. Der Markt selbst ist jedoch auch sehr sehenswert. Er ist Teil eines ehemals größeren Marktplatzes, der nach dem Stadtbrand außerhalb der einstigen Stadtmauern entstanden ist. Hier werden seit über hundert Jahren Obst und Gemüse verkauft. Die Überdachung stammt aus den 90er Jahren des letzten Jahrhunderts.

Ursprünglich, zur Zeit der Stadterhebung im 15.Jh., war Baden ja eine sehr kleine Ansiedlung, kaum größer als die heutige Fußgängerzone. So befand sich etwa ein Stadttor, das Frauentor, am Ende der Frauengasse. Alte Teile der Stadt finden wir – wegen des mehrfach erwähnten Brandes – nicht allzu viele. Eine malerische Ansicht bietet sich in der Nähe des Grünen Marktes, nämlich in der Heiligenkreuzer Gasse. Ritter Gerweck Auer von Herrnkirchen schenkte 1542 seinen Hof der Stadt als Bürgerspital. Zum Komplex gehören noch eine ehemalige Mühle (heute noch Backhaus) und die St.Anna-Kapelle, die man im Durchgang erreicht. Baden hatte im Mittelalter 13 Mühlen, die vom eigens abgeleiteten Mühlbach betrieben wurden. Neben dem Spital lag seit der Mitte des 16.Jahrhunderts das Gasthaus "Zum Schwarzen Bock", das bis vor wenigen Jahren bestand.

Wir spazieren nun wieder in die Stadt hinein, etwa durch die Beethovengasse, queren schräg die Theresiengasse und kommen in die Pfarrgasse im Herzen der Stadt. Wir gehen zunächst am Theater, wo sich ursprünglich die Burg Baden befunden hat, vorbei zur ehrwürdigen Pfarrkirche. Der heutige Bau stammt im Wesentlichen aus dem 15.Jahrhundert, geht aber sicher auf eine ältere Anlage zurück. Damals wurde auch ein Turm über dem Eingang errichtet, der aber durch die Türken 1683 stark zerstört und erst viel später abgetragen und mit einem Satteldach versehen wurde. In der Barockzeit bekam die Kirche ihren auffälligen Zwiebelturm und auch ein Hochaltarbild wurde angeschafft: Es ist ein frühes Werk Paul Trogers und zeigt die Steinigung des hl. Stephanus, dem die Kirche geweiht ist. Die Kirche ist dreischiffig und spätgotisch, die Fenster sind mit Maßwerk verziert. An der Südseite des Mittelschiffs sind romanische Konsolen erhalten. Im Inneren und an den Außenwänden der Kirche finden sich zahlreiche Grabsteine.

Eine kleine Runde von der Kirche weg – sozusagen außerhalb der ehemaligen Stadtmauer – lohnt sich wegen einiger besonders alter Häuser. Zunächst kann man von hier (oder auch vom Hauptplatz) in die Grabengasse Nr.14 gelangen. Seit dem 19.Jahrhundert befand sich hier ein Betsaal der jüdischen Gemeinde, der auch heute noch – als einziger in ganz Niederösterreich – verwendet wird. Daneben wurde 1873 eine Synagoge errichtet, von der noch

Vorangehende Seite: Die Stadtpfarrkirche von außen. Diese Seite: Blick durch das gotische Kirchenschiff (unten); ein interessantes Detail - die romanischen Konsolen (oben).

Teile, etwa die gusseiserne Dachkonstruktion, erhalten sind. Das Gebäude wurde im Novemberpogrom 1938 geplündert, bis heute hat die jüdische Gemeinde noch nicht die Mittel aufgetrieben, es zu renovieren. Eine Besichtigung ist auf Anfrage möglich. Empfehlenswert ist es auch, einen Blick in die Antonsgasse zu werfen. Hier ließ sich Erzherzog Anton (1779-1835), ein großzügiger Förderer der Stadt, ein geräumiges Palais (Nr. 10-12) errichten, das heute Wohnungen beherbergt. An der Ecke zur Spiegelgasse finden wir eines der ältesten Gasthäuser der Stadt; das Gasthaus "Zum Reichsapfel" wird bereits 1415 als "Zechgrübel" erwähnt. Der gesamte Baukomplex dürfte auf die Zeit um 1400 zurückgehen! Wenn wir uns nun nach links zum Kaiser-Franz-Ring wenden, stoßen wir ebenfalls auf sehenswerte Architektur: In der Villa der Schauspielerin Menotti (Nr. 13) ist eine Bildergalerie untergebracht. Im daneben liegenden Haus Nr. 11 wohnten der Architekt August Siccard von Siccardsburg und der Dichter Moritz Gottlieb Saphir. Eine prächtige Villa aus dem Jahr 1818 ist Nr. 7, das Haus der Kunst. Es wurde für einen russischen Staatsrat erbaut und diente im Ersten Weltkrieg als Audienzraum des Kaisers. Hier war damals auch ein Spielclub, sozusagen ein Vorläufer des

Das alte und gemütliche Gasthaus „Zum Reichsapfel“ (unten) und die Villa Menotti (oben).

Casinos, untergebracht. Heute werden hier Ausstellungen durchgeführt und das Koryphäum ist hier untergebracht: Mit lebensgroßen Figuren sind wichtige Gemälde und bedeutende Persönlichkeiten aus Österreichs Geschichte nachgebildet.

Nun kehren wir wieder in die Pfarrgasse zurück und stehen bald vor dem eindrucksvollen Theater. Das Gebäude ist bereits das dritte in Badens Theatergeschichte. Schon im 18.Jahrhundert wurde nämlich das erste errichtet, das zweite wurde von Badens wichtigstem Architekten Joseph Kornhäusel 1812 erbaut und bestand nicht einmal hundert Jahre. Der heutige Bau stammt von den bekannten Wiener Theaterarchitekten Helmer und Fellner und wurde als "Kaiser Jubiläums Stadttheater" 1909 seiner Bestimmung übergeben. Im Mittelpunkt der Aufführungen steht die Operette, die in Baden in ihrer klassischen Form ohne Regieexperimente mit großem Publikumserfolg geboten wird. Unser Weg soll uns ja

Im „Haus der Kunst" ist das Koryphäum untergebracht (unten). Ein Detail von der Fassade des Theaters (rechts oben) und ein Blick durch die Theresiengasse im Stadtzentrum (rechts unten).

auch bald zur Sommerspielstätte bringen: Wir biegen, vorbei an der Esterházy-Villa, die zweimal von Joseph Kornhäusel – nämlich vor und nach dem Stadtbrand – erbaut wurde, in die Pfarrgasse und bald darauf in die Theresiengasse ein. Auch sie wird von zahlreichen Palais und schönen Bürgerhäusern flankiert. Beachtenswert ist gleich die Nr. 1, in der wir auch den Stadtkeller finden. In diesem Bürgerhaus wurde Katharina Schratt geboren. Die begabte Schauspielerin eroberte die Wiener Bühnen und auch das Herz des Kaisers. Zu den interessanten Gebäuden gehören weiters der Metternich-Hof (Nr. 10) mit erhaltener Fassade und Haus Nr. 8, das Thereesienschlössl, geziert mit einem

Das Stadttheater außen und innen. Oben: Szene aus der „Fledermaus" (links) und Ballett. Die Sommerarena (rechts unten) ist eine beliebte Operettenspielstätte.

ARENA
EINGANG

Hermeskopf; beide wurden von Joseph Kornhäusel erbaut. Besonders bedeutend ist schließlich der Herzoghof am Ende der Gasse: Hier ließen die Babenberger 1002 ihren Sitz errichten, zu dem auch bald das "Herzogbad" gehörte. Die wechselvolle Geschichte des ursprünglichen Baus endete mit der Zerstörung durch die Türken, das Nachfolgegebäude musste 1909 einem Jugendstilneubau weichen. Damit entstand hier eines der modernsten Hotels der damaligen Zeit, das unter anderem über Telefon und fließendes Heiß- und Kaltwasser in jedem Zimmer verfügte.

Wir überqueren die Straße und betreten den Kurpark, eine der erholsamsten Sehenswürdigkeiten der Stadt. Er entstand aus dem relativ kleinen

Eine Schlangen-Skulptur im Jugendstil schmückt das Hotel Herzoghof (links).
Der Kurpark bietet zahlreiche Sehenswürdigkeiten, wie Beethoven- und Mozarttempel, und Cafés zum Ausruhen (unten und rechts).

Folgende Doppelseite: Im Advent ist das Casino herrlich erleuchtet, die Adventmeile lädt zum Winterspaziergang und die Berndorfer Perchten toben einen Abend lang durch die Stadt. Übernächste Doppelseite: Im Frühling zeigt sich der Kurpark von seiner schönsten Seite. Rechts: Ein Denkmal zeigt Lanner und Johann Strauß Vater. Die Mozart-Büste aus dem Rollett-Museum ist ein authentisches Bildnis des Komponisten.

Theresiengarten neben dem nach der Kaiserin Maria Theresia benannten Bad. Schon zur Biedermeierzeit war der von einem Gärtner gestaltete und zunächst mit Öllampen beleuchtete Park eine Attraktion. Die vollständige Begrünung der ehemals kahlen Kalksteinhügel gelang erst gegen Ende des 19. Jahrhunderts. In der Zeit zwischen 1890 und 1930 entstanden auch die meisten Denkmäler und Sehenswürdigkeiten. So etwa der Musikpavillon und das Parkcafé als elegante Gusseisenkonstruktionen oder die berühmte Blumenuhr. Eine besonders angenehme Verbesserung der Wohnsituation hat hier ein künstlerisch wertvolles Denkmal erhalten: Der Undine-Brunnen erinnert an die Einleitung von Fließwasser in alle Häuser der Stadt und die Errichtung der Wasserleitung. Auch auf die wichtigsten Künstler, die Badens Gäste gewesen waren, wurde nicht vergessen: Vom Beethoventempel bietet sich eine schöne Aussicht, wir finden den Mozart-Tempel, ein Grillparzer-Denkmal und, obwohl sie einander nicht ausstehen konnten, auf einem Sockel vereint Lanner und Strauß.

Wenn man in der warmen Jahreszeit Musik hören will, ist man im Kurpark genau richtig, entweder bei einem Kurkonzert oder bei einer Operettenaufführung in der Sommerarena. Die Gründung dieses Sommertheaters fällt in die Zeit, als es im Fremdenverkehr zu Einbußen kam, in das Jahr 1841. Damals war die Idee, ein offenes Theater zu errichten, in dem man auch rauchen konnte, revolutionär. Der heutige Bau, der aus dem Jahr

ZEISERL EXPRESS

Stadt der Musik

Alle großen klassischen Komponisten Österreichs, fast alle Operettenkomponisten und eine Menge an Dichtern haben Baden besucht. Schon Christoph Willibald Gluck weilte hier zur Kur. Hoch wird auch das Andenken an Wolfgang Amadeus Mozart gehalten, der immer wieder seine Frau Constanze besuchte, die in Baden Kuraufenthalte verbrachte. Dabei kam es im Jahr 1791 zu einem amüsanten Zwischenfall: Mozart wollte seine Frau nämlich überraschen und versuchte beim Fenster in ihr Zimmer einzusteigen, wurde aber von einem aufmerksamen Kavalier, dem Leutnant von Malfatti, daran gehindert. Dieser staunte nicht schlecht, als er erfuhr, mit welcher Dame er geflirtet hatte. In einem bescheidenen Häuschen in der Renngasse, das Constanze als Quartier diente, komponierte Mozart für seinen Freund, den Leiter des Badner Kirchenchors, das "Ave Verum", das in der Stadtpfarrkirche uraufgeführt wurde.

Besonders oft war Beethoven in der Schwefelstadt: Ihm ist ja eine eigene Gedenkstätte gewidmet, eine Gasse und ein Wanderweg sind unter anderem nach ihm benannt. Als Gast galt er als schwierig und wurde deshalb selten im selben Haus willkommen geheißen, sodass Baden nun auf zahlreiche Beethoven-Häuser verweisen kann, darunter das Johannesbad, der Sauerhof, Schloss Braiten und Schloss Gutenbrunn. Weitere bekannte Musiker, die sich kürzer oder länger in Baden aufhielten, waren Salieri, Schubert, Mendelssohn-Bartholdy, der ein Orgelkonzert gab, oder Wenzel Müller, bekannt durch das Lied "Kommt ein Vogerl geflogen".

Beachtlich ist auch die Anzahl der Operetten- und Walzerkomponisten, die die leichte Muse nach Baden trugen. So gaben Lanner und Strauß Kurkonzerte im Park und auf der Hauswiese und auch Johann Strauß Sohn war öfter hier. Baden gilt deshalb als Schauplatz der "Fledermaus". Tief war auch die Verbundenheit von Millöcker zu Baden, der hier den "Bettelstudent" schrieb, sich ein Häuschen kaufte und die Originalpartituren seiner Werke den Städtischen Sammlungen vermachte. Auch Karl Zeller, der Komponist des "Vogelhändlers" verbrachte seinen Lebensabend in Baden.

Schließlich sei auch noch auf einige bekannte Dichter und Schriftsteller hingewiesen, die Baden schätzten: Als Franz Grillparzer das erste Mal nach Baden kam, stieß er zufällig in einem mythologischen Lexikon auf den "Medea"-Stoff. 1848 flüchtete er dann vor der Revolution ins kaisertreue Baden und kam danach noch oft wieder. Franz Nabl verbrachte einen Teil der Kindheit hier und Stefan Zweig und Arthur Schnitzler besuchten die Stadt und ließen sich auch von ihr inspirieren.

1906 stammt und in den 50er Jahren renoviert wurde, hat ein damals vielbewundertes Glasdach, das geöffnet oder geschlossen werden kann.

Das Gebäude, das den Parkbereich dominiert, ist das Casino. Es wurde im Jahr 1886 als elegantes Kurhaus, dem einige Vorgängerbauten wie das Theresienbad und die Trinkhalle weichen mussten, errichtet. Es diente der eleganten Welt als Treffpunkt. 1934 wurde ein Spielcasino eröffnet. Nach dem Zweiten Weltkrieg diente das Gebäude der Stadt als Veranstaltungszentrum, es steht ja auch heute noch für Bälle und andere festliche Anlässe zur Verfügung. Seit 1995 wird es als Spielcasino und Kongresszentrum genützt und ist derzeit das größte Casino Europas.

Wenn wir nun über den Erzherzog-Rainer-Ring zurück zum Brusatti-

Restaurant
DOBLHOFF

Vorangehende Doppelseite: Frühling im Doblhoff-Park, rechts unten die barocke Orangerie. Diese Seite: Die ehemalige Burganlage prägt noch das Kurhotel Weikersdorf.

Platz gehen, sehen wir rechts die Attemsvilla, die Stilelemente des Biedermeier und des Empire vereinigt. Dorische Säulen tragen einen Altan, auf dem Mittelrisalit darüber ist das Wappen der Grafen von Attems angebracht. In einem Nebengebäude befindet sich das Puppenmuseum.

Vom Brusattiplatz wenden wir uns nun zum Kurmittelhaus und können auf einem Fußweg zwischen diesem und dem Parkdeck in den Gutenbrunnpark gelangen. Das Kurhotel Schloss Gutenbrunn hat einen direkten Zugang zum Bad. Es ist nach der Herrschaft Gutenbrunn, einst einem Vorort von Baden, benannt und wurde in seiner Geschichte seit dem 15.Jahrhundert mehrmals völlig umgebaut. Von dort kommen wir in den schönen Doblhoffpark. In der mehr als 8 ha großen Anlage finden wir einen romantischen Teich, der früher zum Baden und im Winter zum Eislaufen genutzt wurde und vor allem das berühmte Rosarium: Zu den Rosentagen im Juni blühen an 20.000 Stöcken mehr als 6000 verschiedene Sorten! Im Hintergrund der Anlage erblickt man die renovierte barocke Orangerie. Ursprünglich gehörte der Park zum Schloss Weikersdorf, das eine der am besten erhaltenen Stadtburgen ist. Sie wird als Weiherburg im Besitz eines Rauhensteiners im 13.Jahrhundert erwähnt. Oft wechselte der Besitzer, im 16. Jahrhundert erfolgte eine Umgestaltung im Renaissancestil. Von der Mitte des 18. bis ins 20.Jahrhundert gehörte das Schloss der Familie Doblhoff, unter deren

Namen es auch bekannt blieb. Nach dem Abzug der Russen konnte es nur mit Mühe vor dem Verfall bewahrt werden. Ab den 60er Jahren wurde es vom Ehepaar Papst renoviert und in das heutige Hotel umgebaut.

Über die Schlossgasse kommen wir zur Helenenstraße und stehen dem Strandbad gegenüber. Im Park der ehemaligen Villa "Reginenruhe" wurde im Jahr 1926 unter dem Architekten Alois Bohn das riesige Gebäude im Stil der Neuen Sachlichkeit errichtet. Für den einzigartigen Sandstrand wurden 50 Waggons Sand von der Donau herbeigeholt. Eine weitere Sensation in der damaligen Zeit war, dass Männer und Frauen das Bad gemeinsam benutzen durften. Bis heute ist es – erweitert durch einen Teil der Parkanlagen der ehemaligen Weilburg und technisch erneuert – ein wichtiges Erholungszentrum geblieben.

Nun befinden wir uns beinahe schon am Eingang zum Helenental, das mit einigen weiteren Sehenswürdigkeiten aufwarten kann. Über die Schwechat kommen wir in die Weilburgstraße. Wegen der prachtvollen Lage ließ Erzherzog Carl hier die Weilburg errichten, der mächtige klassizistische Bau wurde jedoch am Ende des Zweiten Weltkriegs zerstört. Nur ein großes steinernes Wappen mit Adler und Löwe ist an Ort und Stelle erhalten geblieben. Von hier gelangen wir auf einen berühmten Promenadenweg – auf das "Wegerl im Helenental". Seinen Namen hat es auf musikalischem Weg bekommen: Im Jahr 1940 wurde die Operette "Brillanten aus

Nur noch das mächtige Wappen erinnert an die Weilburg (links oben). Der Töpferaltar in der Helenenkirche (links unten) ist eine echte Rarität. Die Luftaufnahme zeigt den Eingang ins Helenental mit dem Aquädukt der Wiener Wasserleitung und den Ruinen Rauheneck und Rauhenstein.

Wien" von Alexander Steinbrecher uraufgeführt. Die Geschichte vom Goldschmied Josef Strasser, der den Strass-Schmuck erfunden haben soll, handelt in Wien, nur ein romantisches Duett mit dem bekannten Lied spielt auf Baden an.

Seit dem frühen 19.Jahrhundert waren romantische Landpartien beliebt, und der Eingang ins Helenental, beherrscht von den Burgruinen Rauheneck und Rauhenstein, entsprach den damaligen Idealen. Von der dritten Burg, Scharfeneck, einem festen Haus, ist wenig erhalten geblieben, doch hat sie der Hauswiese ihren Namen gegeben: Hier fanden einst Kurkonzerte, aber auch Hunderennen statt.

Am anderen Schwechatufer, an der Helenenstraße, steht die kleine Kirche St. Helena. Sie beherbergt neben zahlreichen Grabsteinen eine kunstgeschichtliche Rarität, den Töpferaltar. Dieses Sandsteinrelief wurde um 1500 von der Töpferinnung für den Stephansdom gestiftet. Es zeigt die Dreifaltigkeit in der Gestalt von drei Königen. Da jedoch die Darstellung des hl. Geistes in Menschengestalt im Jahr 1745 untersagt wurde, konnte der Altar billig erworben werden. Gegenüber der Kirche steht das Badener "Sacher". Franz Sacher, der Erfinder der berühmten Torte, erwarb das an dieser Stelle befindliche alte Bräuhaus und ließ im Lauf der Zeit ein Hotel errichten, das zu den modernsten Kuranstalten an der Wende zum 20.Jahrhundert zählte. Noch in den 20er Jahren war das Café-Etablissement beliebter Treffpunkt für Fünf-Uhr-Tees.

Wenn wir den Beginn des Helenentals nicht als Ausgangspunkt für weitere Ausflüge nützen möchten, können wir über die Weilburgstraße wieder ins Zentrum zurückkehren. Unser Weg

Zu einer Wanderung laden rund um Baden zahlreiche Spazier- und Wanderwege ein. Folgen wir zunächst einmal den beiden Kulturwanderwegen vom Strandbad weg. Der erste führt in nördlicher Richtung bergan. Auf dem Rainerweg gelangen wir zur Rainervilla, einem Otto-Wagner-Bau, von dem Teile als private Galerie besichtigt werden können. Auf einem idyllischen Waldrandweg mit Aussichtpunkten geht es weiter. In der Hochstraße kommen wir dann zum Kaiser-Franz-Josef-Museum, das Sammlungen der Volkskunst beherbergt. Der Weg führt weiter am Stadtrand entlang zum Gaminger Berg. Hier hatte das Kartäuserkloster einst einen wertvollen Weinberg. Am Ende des 19.Jahrhunderts wurde hier ein Ausflugsgasthof errichtet, der wegen der Hochzeit des Kronprinzen "Rudolfshof" genannt wurde und sich bis heute großer Beliebtheit erfreut. So idyllisch die Rudolfswiese ist, als so unheimlich hat früher der Hühnerberg dahinter gegolten, soll doch hier der Riese Hun gehaust haben. Seit dem vorletzten Jahrhundert wurde der Schrecken dieses einstigen Galgenberges jedoch durch eine Aussichtswarte deutlich gemildert. Auf unterschiedlichen Wanderwegen kann man nun zum Ausgangspunkt zurückkehren: Länger über den Jugendbrunnen oder etwas kürzer über die Ruine Rauhenstein: Sie wurde von der gegenüberliegenden Burg Rauheneck aus gegründet, beide Bollwerke waren lange Zeit im Besitz der Tursen – der Name bedeutet "Riesen". Später wechselte die Burg mehrmals den Besitzer, einer von ihnen, Wilhelm von Puchheim war an einem Raubüberfall auf die Kaiserin Eleonore beteiligt, woraufhin die Burg erobert wurde und in kaiserlichen Besitz kam. Sie war bis ins 18.Jahrhundert bewohnbar, dann wurde allerdings eine Kienruss-Fabrik darin eingerichtet und das Dach aus Steuergründen abgetragen. Die Ruine wurde allerdings schon ab dem 19. Jahrhundert für den Besuch eingerichtet.

Der zweite Ausflug führt uns zunächst auf die Ruine Rauheneck, die man von der Weilburgstraße aus erreichen kann. Sie liegt auf einer Anhöhe, die schon in der Steinzeit bewohnt war. Die Keramikfunde der Königshöhle, gekennzeichnet durch elegante, aber funktionslose hohe Henkel, gaben der "Badener Kultur" ihren Namen. Die mächtige

Burg der Tursen wurde von Matthias Corvinus zerstört und blieb eine Ruine. Sie ist zugänglich, vom imposanten dreieckigen Turm genießt man eine herrliche Aussicht.

Das Helental kann man nun weiter zu Fuß, aber auch sehr gut mit dem Rad besuchen, ein eigener Radweg ist gerade in Vorbereitung. Ursprünglich bezeichnete man als "Helenental" nur den Bereich zwischen der Helenenkirche und dem Urtelstein. Dieser markante Felsen stellte eine natürliche Grenze und ein Verkehrshindernis dar. Hier wurden Gefangene dem Stadtrichter übergeben, daher der Name "Urteilsstein". Wegen des aufstrebenden Fremdenverkehrs wurde 1826/27 eine Straße angelegt und dafür mit 15.000 Schüssen ein sehr bestaunter Tunnel in den Fels gesprengt. Im Jahrhundert davor war diese Stelle für den Holztransport wichtig gewesen. Damals war der Holzbedarf der Stadt Wien enorm gestiegen und so ließ Kaiser Leopold an der Schwechat Klausen errichten. Eine davon kann man in Klausen-Leopoldsdorf noch besichtigen. Eine weitere gab es am Urtelstein, sie wurde aber 1805 wegen des Wiener Neustädter Kanals überflüssig und durch den Holzrechen weiter flussabwärts ersetzt.

Infolge der Straße weitete sich der Ausflugsverkehr ins Tal aus und zahlreiche Gaststätten entstanden. Der Burgstall, die nächste Talenge, galt schon damals als idyllisches Plätzchen, hier genoss auch Beethoven die Natur. Eine Wiener Familie stiftete hier aus Dank für ihre Gesundheit die Cholerakapelle, die bald ein beliebtes Wallfahrtsziel wurde, wozu natürlich auch ein Gasthaus gehörte. Schon 200 Jahre zurück reicht die Geschichte des Restaurants "Krainerhütte": Hier siedelte Maria Theresia Holzfäller aus der Krain an, die in ihrer Milchschenke einen französischen Deserteur aufnahmen. Durch dessen Kochkünste gewann die Hütte bald große Bekanntheit. Besonders unter dem Hotelier Dietmann zu Beginn des vorigen Jahrhunders war das Lokal sehr beliebt. Die Augustinerhütte soll schließlich an der Stelle stehen, wo einst fromme Eremiten von der Welt zurückgezogen lebten.

Wanderwege führen durchs Helenental (links), auf die Ruine Rauheneck mit ihrem dreieckigen Turm (rechts oben) oder zum Rudolfshof (unten). Folgende Doppelseite: Die Ruine Rauhenstein im Winter. Übernächste Doppelseite: Die Ruine Rauheneck von der Theresienwarte aus gesehen und die Aussicht von ihrem Turm.

führt dabei an vielen schönen Villen vorbei. Es empfiehlt sich nun unbedingt, in die Elisabethstraße einzubiegen, um zum Rollett-Museum zu gelangen. Ehe die Gemeinde Weikersdorf 1912 mit Baden zusammengelegt wurde, erbaute sie hier ein prächtiges Rathaus. Dieses Gebäude beherbergt nun die Schädelsammlung des Arztes Rollett, nach dem es benannt ist, aber auch eine übersichtliche Darstellung der Badener Geschichte. Interessante Funde der Römerzeit, Kurioses von illustren Gästen und dem Badebetrieb bis hin zu abwechslungsreichen Sonderausstellungen lohnen den Besuch.

Nun können wir durch die Sauerhofstraße in die Weilburgstraße zurückkehren und stehen bald vor einer prächtigen Hotelanlage, dem Sauerhof. Im Jahr 1538 erwarb Georg Saurer von Sauerburg die Burg Rauhenstein und baute den zugehörigen Meierhof aus, wodurch dieser den Namen Sauerhof erhielt. Nach der Zerstörung durch die Türken wurde er bald wieder errichtet und war ein beliebtes Ausflugsziel. Der heutige Bau wurde von Joseph Kornhäusel in den 20er Jahren des 19.Jahrhunderts unter dem damaligen Besitzer der Anlage, dem Freiherrn von Doblhoff, errichtet. Durch die Kriegszeiten und die Besatzungszeit nach dem Zweiten Weltkrieg verfiel der Bau jedoch völlig. Erst in den siebziger Jahren wurde er vom Ehepaar Schorn in das heutige Grand Hotel umgebaut, das nun zu den besten Häusern des Landes gehört. Ganz in der Nähe, Weilburgstraße 15, befindet sich übrigens das Künstlerheim, das schon vielen österreichischen Bühnenkünstlern einen ruhigen Lebensabend ermöglicht hat.

Über den Pergersteg können wir nun die Schwechat überqueren und kommen damit zum Johannesbad. Es wurde ursprünglich von einer Quelle, die auf einer Insel im Fluss austrat, gespeist. Das ehemalige "Armenbad" erhielt 1906 sein heutiges Aussehen und diente bis zur Eröffnung des Kurhauses als Kuranstalt der Stadtgemeinde. Danach wurde es zum Kreativzentrum umgebaut und bietet Raum für Theateraufführungen im "Theater am Steg", für Dia- und andere Vorträge oder für Ausstellungen. Damit wurde es zu einem wichtigen modernen Kulturzentrum der Stadt. Das daneben liegende Franzensbad, das Gebäude stammt aus dem Jahr 1827, diente im 20.Jahrhundert der modernen Unterwassertherapie, steht heute aber leer. – Durch die Pergerstraße erreichen wir nun mit wenigen Schritten wieder unseren Ausgangspunkt, den Josefsplatz.

Im ehemaligen Weikersdorfer Rathaus ist das Rollett-Museum untergebracht (rechts).

Das Grandhotel Sauerhof im Biedermeier-Stil - eines der vielen Quartiere von Ludwig v. Beethoven.

Ein Besuch im Rollettmuseum

Niederösterreichs ältestes, noch bestehendes Museum wurde um 1810 vom Badner Arzt, Forscher und Kunstfreund Anton Franz Rollett gegründet; die "Städtischen Sammlungen" wurden von seinem Sohn weiter ausgebaut und im 20.Jahrhundert im ehemaligen Weikersdorfer Rathaus untergebracht.

Bei einem Besuch des Museums kann man unter anderem einen guten Einblick in die längst vergangenen Epochen von der Jungsteinzeit bis zur Römerzeit gewinnen. Die dazugehörigen Exponate sind im ersten Stock des Stiegenhauses aufgestellt.

Schon in der Jungsteinzeit, also etwa vor 7000 bis 8000 Jahren, waren die Anhöhen rund um Baden besiedelt, während die sumpfigen Niederungen gemieden wurden. Ein gut erforschter Siedlungsplatz, der bis in die Bronzezeit gebraucht wurde, ist der Rauhenecker Berg mit der Hochfläche der "Hildegarden-Ruhe" und der Königshöhle. Nach dieser Fundstelle wird eine Kulturstufe der Jungsteinzeit als "Badener Kultur" bezeichnet. Sie setzt vor etwa 5000 Jahren ein und ist durch eine spezielle Keramik gekennzeichnet. Viele Gefäße wurden mit breiten, hochgezogenen Henkeln versehen. Interessant ist, dass es sich dabei offensichtlich um eine "Mode" handelte, denn die Henkel haben keine Funktion: Wenn man ein gefülltes Gefäß an ihnen hochheben will, brechen sie ab. Auch Kupfer wurde damals schon verarbeitet, ein schöner Halsreifen wurde ebenfalls gefunden.

Erst die Römer gründeten eine Siedlung im heutigen Stadtzentrum. Sie ließen sich bereits um die Mitte des 1.Jahrhunderts nach Christus, zur Zeit des Kaisers Claudius, in Aquae, wie sie den Ort nannten, nieder. Dort, wo wir heute das Bistro-Café des Casinos finden, lag die römische Therme. Es war ein schlichter, langgestreckter Bau, 53m lang und nur ca. 10m breit. Etwa 50 Jahre nach ihrer Errichtung wurde sie mit einer Fußbodenheizung ausgestattet, wie Ziegel mit den Zeichen der 10. und 14. Legion, die damals an der Donau stationiert waren, beweisen. Als Dank für die Linderung ihrer Beschwerden stellten die römischen Legionäre Votivgaben am Quellhügel (heute Sommerarena) auf. Ein erhaltener Altar ist den Quellnymphen geweiht, ein anderer Salus, der Göttin der Gesundheit. Ein schönes Exponat mit Resten der ursprünglichen Bemalung ist ein Grabdenkmal mit einer Darstellung der Venus Victrix.

Der nächste Raum zeigt die Entwicklung der Stadt Baden mit Ausstellungsstücken aus dem Mittelalter. Dann finden wir Vieles, das auf Badens Glanzzeit im Biedermeier und seine berühmten Gäste verweist. Eigene Räume sind dem Weinbau und der Bädergeschichte gewidmet. Die Reliefs von Josef Klieber (1773-1857), die Hygieia und Äskulap, die Schutzgötter der Gesundheit, zeigen, gehören zu den wertvollsten Stücken.

Einen eigenen Komplex bieten die "exotischen" Sammlungen im Erdgeschoß. Hier ist die Schädelsammlung des Dr.Franz Gall sehenswert. Dieses Kuriosum belegt die Entwicklung der umstrittenen Schädellehre. Beachtenswert ist die einzige nachweislich echte Lebendmaske von Napoleon I. In der ägyptischen Abteilung stößt man dann noch recht überraschend auf eine gut erhaltene Mumie (2300 Jahre alt), die als Reiseandenken der Familie Mautner-Markhof am Ende des 19.Jahrhunderts der Sammlung übergeben wurde.

Exponate des Museums: ein Vorratsgefäß mit typischen Verzierungen der Badener Kultur (linke Seite oben), ein römisches Grabdenkmal (3.Jh.) mit einer Darstellung der Venus Victrix und Resten der ursprünglichen Bemalung (linke Seite, links unten), die einzige nachweislich echte Lebendmaske Napoleons I. (linke Seite, rechts unten), ein Relief des Äskulap von Josef Klieber (1773-1850) (unterhalb) und schließlich eine 2300 Jahre alte Mumie (rechts).

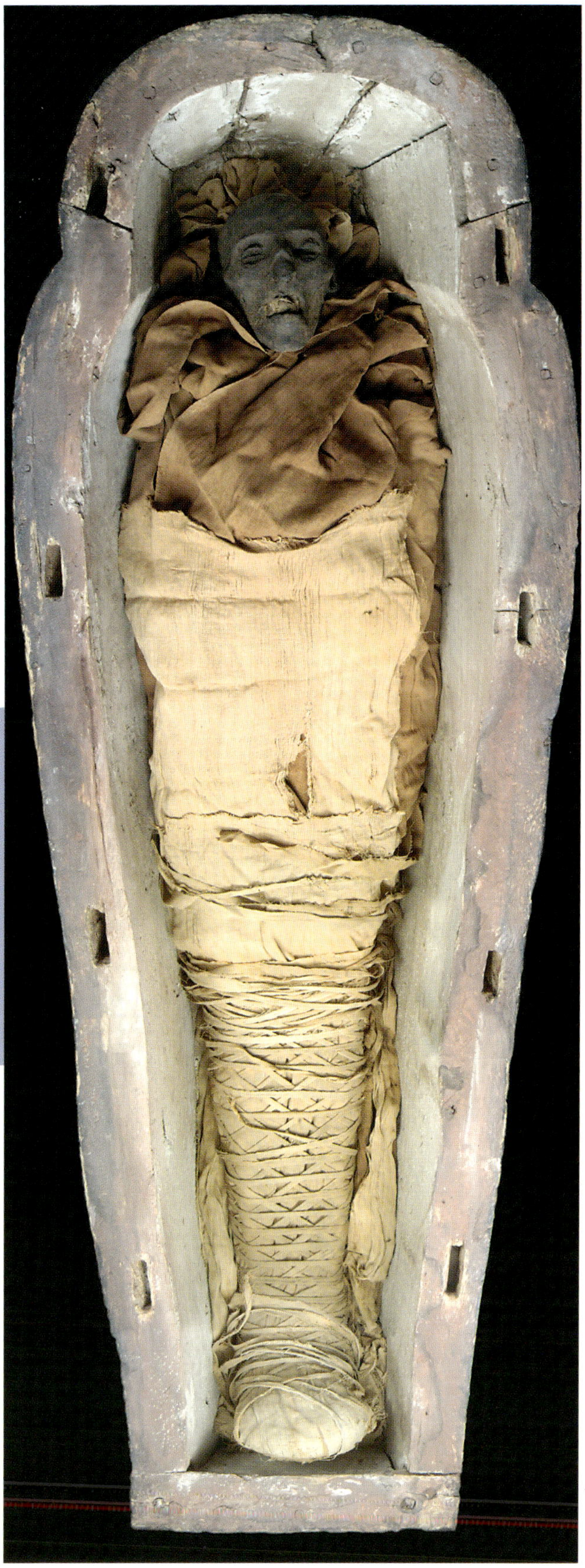

Ein Blick auf Badens Villen lohnt sich: So säumen prächtige Bauten den Kurpark in der Welzergasse (linke Seite oben und diese Seite ganz oben links). Zahlreiche Beispiele findet man auch an der Weilburgstraße und Elisabethstraße, wobei wir unterschiedliche Stilrichtungen vorfinden. Elemente des Neobarocks und des Jugendstils etwa am Haus Weikersdorfer Platz 2 (rechts) und in der Schimmergasse 4 (links), des Heimatstils mit Fachwerk (linke Seite links unten) und natürlich des für Baden so typischen Klassizismus: Ionische Säulen am Haus Weilburgstraße 6 (diese Seite oben rechts) und Karyatiden in der Schmidt Gasse 11 (linke Seite unten rechts).

Sport und Unterhaltung

Zum Kurbetrieb hat immer schon ein breites Unterhaltungsangebot gehört, und auf viele Möglichkeiten sind wir bei unseren Stadtspaziergängen schon gestoßen, wie etwa Theater, Kurkonzert und Casino. Ebenfalls traditionell ist der Trabrennverein. Er wurde bereits 1892 gegründet und von Anfang an waren die Veranstaltungen gut besucht. Zwischen den Jahren 1895 und 1913 wurde mit der "Championship von Europa" hier das bedeutendste Rennen des Kontinents durchgeführt. Durch den Ersten und Zweiten Weltkrieg trafen den Verein harte Zeiten, wenn auch die Zwischenkriegszeit durchaus von sportlichen Erfolgen gekennzeichnet war. Ab den 60er Jahren des vorigen Jahrhunderts war, verstärkt durch mehr Unterhaltung und technische Neuerungen, wieder ein deutlicher Aufwärtstrend zu spüren, wohl auch bedingt durch einen der bekanntesten Sportler in diesem Bereich, nämlich Adi Übleis (Weltmeister 1971), der in Baden lebte. Von wechselndem wirtschaftlichem Geschick waren hingegen die 90er Jahre geprägt: Zahlreichen Investitionen, wie etwa der elektronischen Wettannahme, standen auch wirtschaftliche Probleme entgegen. Trotzdem kann sich der Trabrennplatz seit der Jahrtausendwende wieder einer steigenden Besucheranzahl erfreuen.

Auch in vielen anderen Bereichen kann Baden ein breites Unterhaltungsangebot bieten: So finden wir zwei moderne Kinocenter (Beethovenkino in der Beethovengasse und Olympia-Kino an der Ecke Braitnerstraße/Roseggerstraße), immer mehr Beiseln, Bars und Inlokale, sowie eine große Diskothek. Zusätzlich bieten viele Veranstaltungen Abwechslung, so die Adventmeile, der Silvesterpfad, ein großer Ballkalender oder das Straßenfest. Das kulinarische Angebot abseits des Heurigen ist vielfältig, es reicht von der bodenständigen Wiener Küche über diverse nationale Küchen (asiatisch, italienisch) bis hin zum Haubenrestaurant.

Das sportliche Angebot ist umfangreich: Tennisplätze, eine Golfarena, ein Minigolfplatz und Fitness-Studios (z.B. in der Römertherme) stehen zur Verfügung. Im Winter gibt es einen gut gepflegten Eislaufplatz, bei passender Schneelage kann man in der näheren Umgebung (zwischen Berndorf und Schwarzensee) auch langlaufen. Die Landschaft entlang der Thermenlinie ist besonders gut zum Radfahren geeignet. Beschilderte Radwege führen in die Nachbarorte und auf dem Thermenradweg bis nach Laxenburg. Das Mountainbike-Netz des Wienerwaldes beginnt vor der Haustür, als Herausforderung warten hier Routen auf den Anninger oder den Hohen Lindkogel und durch idyllische Täler.

Bilder: Unterhaltungsmöglichkeiten in Baden sind vielfältig. Ein Besuch am Trabrennplatz (unten) oder das Badener Tatoo (oben).

LITERATURANGABEN:

Baden bei Wien belebt. Wissenswertes für den Gast, hrsg. v. Touristinformation. Baden, 2001(=Stadtplan)

Bensch, Friedrich: Baden bei Wien. Geschichten aus der Geschichte, hrsg. v. Städtische Sammlungen. Budapest: Heimatverlag, 2002

Maurer, Rudolf: Stadtgemeinde Baden. In: Thermenregion – Weinstraße. Baden, Bad Vöslau, Gumpoldskirchen, Pfaffstätten, Sooß, Traiskirchen. Ternitz: Verlag Gerhard Höller, 2000

Wallner, Viktor: Kurstadt Baden bei Wien. München und Zürich: Schnell & Steiner, 2. völlig neu bearbeitete Aufl. 1983 (=Schnell Kunstführer 796)

Wieser, Raimar und Hannes Heim: Baden. Ein kleines Wien in Aquarell. Eine Dokumentation in Wort und Bild, hrsg. v. Badener Zeitung. Baden: G.Grasl, 1990

Internetadressen:

http://www.baden-bei-wien.at

http://www.trabenbn.co.at

Bildnachweis:

Alle Bilder stammen von Christian Handl, mit Ausnahme folgender Aufnahmen, die von der Kurdirektion zur Verfügung gestellt wurden: Seiten: 28, 29, 54 (1 Bild von Klinger & Husar, 1 Bild Trabrennbahnverein); 2 kleine Bilder Titel; Die Luftaufnahmen (Mai 2003) sind freigegeben vom BMLV mit GZ S90986/55-RECHT/2003.

BAD

Beethoventempel
Sommerarena im Kurpark
Lanner-Strauss-Denkmal
Grillparzerstr.
Arenastraße
TAXI
Parkeck Casino
Europaplatz
Congress Casino Baden
E2/c
E2/d
Parkplatz Pfarrkirche
Kaiserstraße
Stadtpfarrkirche
Jubiläumsstadttheater
Pfarrplatz
Renngasse
Theresieng.
Pfarrgasse
Theaterplatz
Grabengasse
Annag.
Römertherme
Brusattiplatz
Beethovenplatz
Beethoveng.
Rathausgasse
Grüner Markt
Hauptplatz
Erzherzog-Rainer-Ring
Parkdeck Römertherme
Rollettg.
Hl. Kreuzer Gasse
Parkplatz Grüner Markt
E3/a
E3/b
Am Fischertor
Gutenbrunnerstr.
Johannesgasse
Pergerstr.
Frauengasse
Wassergasse
Neustrasse
Breyerstr.
Pergersteg
Kaiser Franz Joseph-Brücke
Josefsplatz
Weilburgstraße
Wiener Lokalbahnen - Endstation Badenerbahn
Ruine Rauhenstein
Nach St.Pölten, A 21, West A1
Kirche St. Helena
B2/d
C2/c
C2/d
C2/b
Abfahrt Baden West
zur Hauswiese
Holzrechenplatz
Schwechat
B210 Umfahrungsstraße
Helenenstraße
Karlsgasse
Schloßgasse
Kornhäuselstr.
H. Strecker-G.
Rainerweg
Bergsteiggasse
J.Müllner-Str.
M.Schönherr-G.
R.Genee-Straße
Joh.Strauß-Gasse
Dr.R.Klafsky-Str.
Mitterbergstr.
Kaiser-Franz-Josef Museum
J.Wagenhofer-Straße
Kattäuserweg
Gamlingerstraße
Mitterbergstraße
Mozartstraße
Schubertg.
Hochstraße
Mittersteig
Andreas Hofer-Zeile
Felsenweg
Ziehrerweg
Kur
D2/a
D2/b
D2/c
D2/d
Horagasse
Witzmanng.
Marchetstraße
Mühlstiege
Mühlbach
Doblhoffteich
Rosarium
Doblhoffpark
Orangerie
Schloß Weikersdorf
Schach
Kinder-Spielplatz
Parkplatz Rosarium
Pelzgasse
Gutenbrunner-Park
Schlossergasse
Parkplatz Strandbad
Doblhoffgasse
D3/a
D3/b
C3/a
C3/b
Sauerhof-Brücke
Thermalstrandbad
Hildegard-Brücke
Liegewiese Strandbad
Weilburgpark
Parkplatz Strandbad
Doblhoff-Brücke
Zum Wegerl im Helenental
Ruine Rauheneck
B3/b
Josef Kliebe-Straße
Scharfeneckweg
Weilburgstraße
Weilburgplatz
Auf der Alm
B3/d
Helenen-Friedhof
Steinbruchgasse
Jägerhausg.
Habsburgerstraße
Radetzkystraße
Eugeng.
Friedrichstr.
C3/c
C3/d
Kirche St. Christoph
Parkplatz Christophorus Kirche
Jos. Koch-Straße
Sandwirtgasse
Elisabethstraße
Schimmerg.
Schmidtgasse
Rollettmuseum
Weikersdorfer Platz/Park
Schinzlg.
Sauerhofstraße
D3/c
D3/d
Wiener Wasserleitung
Erzh. Isabelle-Straße
Dumbagasse
Eugengasse
Millöckergasse
Friedrichstraße
Dörfergasse
Brandlgasse
Marienhofgasse
Albrechtsgasse
Babenbergerstraße
Rauheneckg.
Trimplingg.
Schimmergasse
Michael Tauscher-Gasse
Sauerhofstraße
Pötschnerg.
Radetzkystraße
Vöslauerstraße
B4/b
C4/a
C4/b
D4/a
D4/b
Friedrichstr.
Wiesing.
Am Flachhard
Joh. Klerr-Straße
Joh. Hanny-Straße
Anzengrubstr.
Stadlerg.
Maynolog.
Leopold
Karl Frim-Str.
Waldgasse
Probusgasse
Wasserleitungsstraße
Erzh. Isabelle-Straße
B 210 Umfahrungsstraße
Abfahrt Baden Mitte
Albrechtsgasse
Am Hang
Nach Sooß, Bad Vöslau
B4/d
C4/c
C4/d
D4/c
D4/d
Radweg
Rad- und Fußweg nach Sooß
Martinek-Kaserne
500 m
Radroute (teilw. Radweg)
Citybus Linie 1
Citybus Linie 2
Citybus Linie 3
Buslinie Rauhenstein
C
D
2
3
4